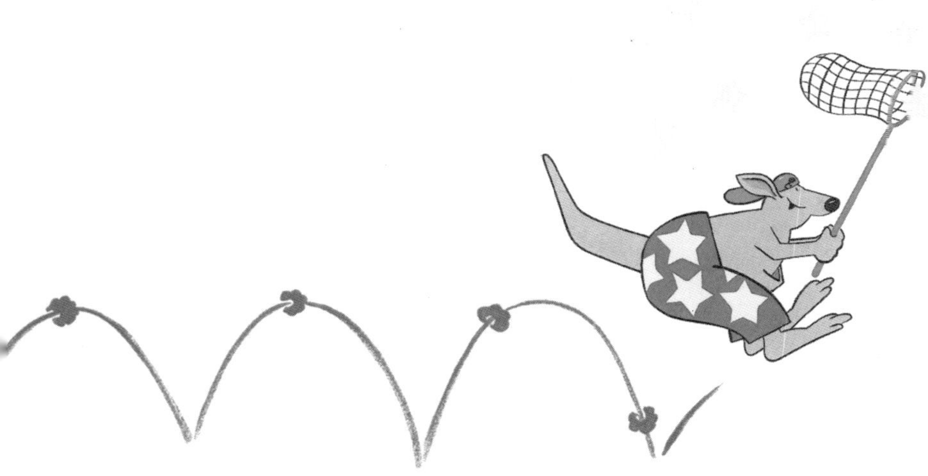

Christa Zeuch

Zwei löwenstarke Freunde

Mit Bildern von Anja Reichel

arsEdition

Die Deutsche Bibliothek – CIP-Einheitsaufnahme

Zwei löwenstarke Freunde / Christa Zeuch.
Mit Bildern von Anja Reichel. - München : Ars-Ed., 2002.
(Känguru : Leseabenteuer in Farbe)
ISBN 3-7607-3881-8

1. Auflage 2002

Titelbild und Innenillustrationen: Anja Reichel
Titelvignette: Carola Holland
Einbandkonzeption: Ralph Bittner
ISBN 3-7607-3881-8

www.arsedition.de

Wildwest-Express

Leo hat das ganze Abteil für sich allein. Er stellt sich vor, er sitzt in einem Wildwest-Express mit einer echten Dampflok vorn. Und gerade verlässt der Zug die Goldgräberstadt Kirchhausen-Town.

Schon seit zwei Stationen traut sich kein Bleichgesicht zu ihm herein. Das würde auch mächtig Zoff geben! Denn in Wahrheit heißt Leo *Starker Löwe* und ist Apachen-Häuptling. Jedenfalls seit einer halben Stunde.

»Nicht schlecht, so ein Feuerross«, stellt *Starker Löwe* fest. »Aber mit meinem Mustang *Schneller Pfeil* würde ich es lässig überholen.«

Seine Adleraugen spähen aus dem Fenster.

»Boh, da hinten!«, sagt er laut zu sich selber. »Jede Menge Rothäute auf Kriegspfad. Verdammt gut getarnt hinter den Büschen.«

Dass es nur Schienenarbeiter sind, macht nichts.

Am Busbahnhof entdeckt er noch zwei stecken gebliebene Postkutschen. Dann rattert die Eisenbahn mit Volldampf durch die Prärie, vorbei an den Viehherden der Cowboys.

Nach ein paar Minuten schnarrt es aus dem Lautsprecher: »Nächster Halt Großlachnau.«

Besonders berüchtigt, Großlachnau-City. Dort schlagen sich weiße Goldgräberbanden gegenseitig die Schädel ein. So wie in dem Comic, den Leo vorhin gelesen hat.

Allmählich rumpeln die Räder wieder langsamer. Durch den Waggon geht ein Ruck und die Bremsen kreischen so schrill, dass Leo sich die Ohren zuhalten muss.

Türen klappen auf.

Wagt sich doch tatsächlich ein Bleichgesicht ins Abteil! Ein großer Junge mit einem Hemd

voll aufgedruckter Fußbälle pfeffert seine Sporttasche neben Leo. Lässt sich auf den Fensterplatz gegenüber fallen. Streckt die Beine so lang aus, dass Leo seine krumm machen muss wie Dackelbeine.

»Mann, rück deine Stelzen weg!«, faucht *Starker Löwe*.

Das Bleichgesicht tut so, als sei es taub.

Na gut, dann muss Leo seine Füße eben oben drauf parken.

»Ey, was fällt dir ein, du Pimpf?«, blökt der Große, zieht aber doch seine Beine ein.

Leo grinst zu einem Mädchen hinüber, das sich inzwischen auf den Sitz neben der Tür gesetzt hat.

»Hallo«, sagt es und grinst zurück. Es hat abstehende Ohren und eine Stupsnase. Ungefähr neun könnte es sein, so alt wie Leo. Mit seinem Igelhaarschnitt sieht es zwar aus wie ein Junge. Aber Jungs tragen keine blauen Röcke mit pinkfarbenen Fransen.

Leo starrt auf die Füße des Mädchens. Sie stecken in giftgrünen Turnschuhen mit rosaroten Schnürsenkeln. Sehen witzig aus.

Als *Starker Löwe* wieder aus dem Fenster schaut, tauchen am Horizont die Berge mit den Riesen auf. Die kennt er gut! Ihre Arme winken ihm schon von weitem. Windräder, sieben Stück.

Simsalabim, da ist der Wilde Westen zu Ende. Leo heißt nicht mehr *Starker Löwe*. Er ist wieder Leo Sigismund Loewerts, der sich auf seinen Großvater freut.

Keine Viertelstunde mehr bis Sankt Filden! Dort wird Großvater auf dem Bahnsteig warten.

Leo stellt sich sein Gesicht vor. Höchstens einen Zentimeter wird Großvater den Mund breit ziehen. Er lacht nämlich mehr mit den Augen.

Pfff! Auf einmal muss Leo nach Luft schnappen wie ein Goldfisch. Die Aufregung macht ihn ganz kribbelig. Vor lauter Vorfreude grinst er wieder das Mädchen an.

Das lächelt zurück. »Wie weit fährst du?«

»Bis Sankt Filden.«

»Ich auch. Da wohne ich«, sagt es. »In Sankt Filden!«

»Und ich besuche meinen Großvater. Vielleicht treff ich dich da mal.«

Diesmal darf Leo die letzten beiden Wochen

der Sommerferien bei Großvater verbringen. Genau vierzehn Tage.

Wie viele Stunden sind das eigentlich ... Ein Rechengenie wie Leo kriegt so etwas locker im Kopf heraus. Hm ... doch ziemlich schwierig, vor Anstrengung beißt er sich fast die Zunge ab. 3360 Stunden müssten rauskommen.

So viel? Quatsch, die Null muss weg. 336 Stunden wird er bei Großvater verbringen, die Nächte alle mitgezählt.

Leo wendet den Kopf zum Gang. Wälzt sich da ein schnaufendes Nilpferd näher? Äußerst spannend ...

Ein grünes Hinterteil schiebt sich vor die offene Abteiltür.

Leo muss lachen. Das Nilpferd entpuppt sich als alte Dame im moosfarbenen Mantel. Sie zerrt einen schweren Koffer hinter sich her.

»Puh, Kinder. Ist bei euch noch Platz?«

»Nee«, grunzt der Große und glotzt aus dem Fenster.

»Mann, brauchst du 'ne Brille?«, ruft Leo empört. »Drei Plätze sind noch frei!«

»Typisch.« Das Mädchen mit den grünen

Turnschuhen verdreht die Augen. »Der ist immer so blöd. Kommen Sie ruhig zu uns rein.«

»Danke.«

Die Dame versucht ihren Koffer in den Gepäckträger zu hieven. Aber sie kriegt ihn keinen halben Meter hoch.

»Ach, ist der junge Mann vielleicht so nett und hilft mir?«

Der mit dem Fußballhemd stellt seine Ohren auf Durchzug.

Da springt Leo auf. »Mann, bist du taub?«

Mit einem Ruck stemmt er das sperrige Teil hoch und balanciert es über dem Kopf. Die Adern an seinen Schläfen schwellen an, er bekommt einen knallroten Schädel. Leider reichen seine Arme nicht bis zum Gepäckträger rauf.

»Uff!« Leo setzt den Koffer wieder ab.

Wer nun glaubt, der Große würde endlich mal seine Muskeln spielen lassen, hat falsch geraten. Und so etwas macht Leo rasend.

Jetzt kommt bei ihm der Löwe durch! Das ist fast immer so, wenn ihn jemand nervt.

Hauruck, nochmal hoch mit dem Koffer ... Zähne zusammenbeißen ... vorsichtig auf den

Sitz klettern, bloß nicht das Gleichgewicht verlieren. Krawumms, da landet das schwere Biest an seinem Platz.

»Donnerwetter, Junge«, staunt die Dame. »Du kannst Gewichtheber werden! Danke!«

Lässig putzt Leo eine Hand an der anderen ab. »Ich heiße ja auch Leo. Das bedeutet Löwe, nämlich deshalb bin ich so stark.«

»Baaah!« Angewidert hält sich der Große die Nase zu. »Hier stinkts!«

Die Dame schnuppert. »Wonach denn?«

»Nach Eigenlob. Der Zwerg gibt an wie 'n Eimer Sülze.«

»Na, stimmt doch, dass ich stark bin, du Pappnase! Oder?«

Der Große lässt Leo an seiner Faust riechen. »Ich verpass dir gleich ein paar!«

Doch Leo beachtet ihn nicht mehr. Stolz wie ein Apachen-Häuptling verschränkt er die Arme und starrt an ihm vorbei.

Dieses Bleichgesicht ist für ihn Luft!

Ein Opa mit drei Beinen

Leider steigt das Bleichgesicht auch in Sankt Filden aus und schlendert neben Leo her.

»Wo willst du denn hin, Pimpf?«

Mit *Pimpf* fühlt sich Leo nicht angesprochen.

Rasch geht er weiter. Er humpelt ganz schief, weil an seiner rechten Schulter der Rucksack hängt. Und links schleppt er die Reisetasche.

Angestrengt hält er nach Großvater Ausschau.

Da vorne! Am Eingang zur Bahnhofshalle steht er, auf sein drittes Bein gestützt. So nennt Großvater seinen Gehstock. Den braucht er, weil er eine Prothese hat, ein künstliches Bein.

»Groooßvater!!« Leo rudert wild mit dem freien Arm.

Großvater winkt mit dem dritten Bein zurück.

»Wie – *der* Alte ist dein Opa?«, ruft der Junge aus dem Zug abfällig. »Dann viel Spaß mit dem!«

»Bäh!« Das Mädchen mit den grünen Turnschuhen streckt ihm hinterm Rücken die Zunge raus.

Das gefällt Leo!

Er stolpert auf Großvater zu, lässt alles fallen und springt ihm an den Hals. Großvaters Kunstbein schwankt davon wie ein Schiffsmast bei Windstärke zehn.

»Leo!« Seine Lachaugen funkeln vor Freude. »Alles klar, mein Junge?«

»Klar wie Kloßbrühe«, sagt Leo, so wie Großmutter früher. »Und bei dir?«

»Klar wie Mostrichtunke. Na, dann wollen wir mal.«

»Tag, Herr Loewerts!«, grüßt ihn das Mädchen.

»Tag, Melanie!«, antwortet Großvater. Und zu Leo sagt er: »Nettes Mädel, die Kleine.«

Vor lauter Wiedersehensfreude würde sich Leo am liebsten bei Großvater einhaken. Aber das machen bloß Mädchen, zu Löwen passt es nicht. Großvater hat sowieso keinen Arm frei. Links muss er sich auf seinen Stock stützen, rechts will er unbedingt Leos Tasche tragen.

»Was macht eigentlich Zizibi?«, fragt Leo.

»Kannst gleich selber nach ihr sehen.«

Sie marschieren die ganze Plochstraße entlang, und endlich sind sie an dem gelben Haus mit den blauen Fensterrahmen angekommen.

In Großvaters Vorgarten blüht es kunterbunter durcheinander als in den anderen Gärten, das bemerkt Leo sofort.

»Hab ich einen Durst!« Wie ein Wilder stürmt er in die Küche, macht aber sofort eine Vollbremsung und stößt ein Indianergeheul aus.

»Uaaaahbubabibiiii!«

Seine Adleraugen haben eine Riesenschüssel auf dem Tisch erspäht. Bis zum Rand ist die voll mit roter Grütze aus Erdbeeren, Stachelbeeren, Kirschen und Himbeeren.

»Hast du auch Familiensoße gekocht?«

»Klar.« Großvater nickt. »Ist doch Tradition.«

Familiensoße nennt Leo die Vanillesoße, weil es lustiger klingt. Das kommt von früher, als Leo noch Babylatein geplappert hat.

Dann entdeckt er die braune Ziege auf der Wiese hinter dem Drahtzaun.

»Zizibi!«, brüllt er aus dem Fenster.

Sie hebt nicht mal den Kopf. Letztes Jahr hat Leo manchmal mit ihr gekämpft und sie an den Hörnchen gerüttelt. Das mochte sie immer so gern. Jetzt steht sie nur reglos da wie aus Stein.

»Was hat sie denn?«, fragt Leo.

»Tja.« Großvater stößt einen Seufzer aus. »Zizibi ist inzwischen auch so ein Oldtimer wie ich.«

Leo sieht seinen Großvater an und fühlt einen winzigen Schmerz in der Herzgegend.

Er fasst nach seiner Hand.

»Du sollst noch kein altes Auto sein. Ich will dich behalten, bis ich selber ein Oldtimer bin.«

»Oho!« Großvater schmunzelt. »Da muss ich mir ja alle Mühe geben. Aber nur, wenn du mich später im Rollstuhl kutschierst.«

»Ehrensache! Du kriegst einen mit Düsenmotor dran. Und 'ner Ballonhupe. Üüp!«

Danach streifen sie beide durch den Garten. Jede Menge reife Erdbeeren!

»Na, hat sich etwas verändert?«, fragt Großvater.

Leo dreht sich einmal um die eigene Achse. »Nö. Alles wie letztes Jahr.«

Im selben Augenblick denkt er: nur *fast* so wie letztes Jahr. Großvater sieht inzwischen viel runzeliger aus. Und irgendwie viel müder. Außerdem, etwas fehlt für immer: die Großmutter. Im vergangenen Herbst ist sie gestorben.

Das kann Leo auch jetzt noch nicht begreifen. Jeden Moment könnte sie aus der Küchentür rufen: »Leo, willst du ein Stück Streuselkuchen?«

Wie gut, dass ihre Stimme nicht mitgestorben ist. Die kann Leo noch deutlich hören.

»Die Maiers sind übrigens weggezogen«, sagt

Großvater. »Nebenan wohnt jetzt ein Ehepaar ohne Kinder.«

»Och, schade.« Leo verzieht das Gesicht. »Dann hab ich ja überhaupt keine Kinder zum Spielen! Ohne Moritz und Anna wird es bestimmt langweilig.«

Großvater klopft ihm auf die Schulter. »Ach, uns beiden wird schon etwas einfallen.«

Und da muss Leo auf einmal an die Stoppelhaarige mit den grünen Turnschuhen denken. Melanie heißt sie.

Er wird sie suchen. Und finden! Sankt Filden ist schließlich ein winziges Nest. Wie ein Detektiv wird er auf Spurensuche gehen!

»Hilfst du mir, dein Bett zu beziehen?«, reißt ihn Großvater aus seinen Gedanken.

Sie steigen nach oben in die Dachstube, wo Leo schlafen soll.

Mit Karacho schmeißt er sich auf die Matratze. »Jippiiii, noch dreihundertsechsunddreißig Stunden Ferien!«

Das Bettgestell quietscht wie eine Katze, der jemand auf den Schwanz tritt.

»Weißt du, wonach das quietscht, Großvater?

Nach Sankt Filden! Nach dir! Und auch noch nach Großmutter.«

»Pass auf, Bursche!« Großvater droht mit dem dritten Bein. »Wenn du einkrachst, musst du das Bett ganz alleine reparieren.«

Leo schnellt rasch noch einmal in die Höhe wie auf einem Trampolin.

»Jetzt Schluss!«, ruft Großvater. »Zieh lieber mit mir das Laken straff!«

Danach poltert Leo im Affenzahn die Treppe runter. Die rote Grütze ruft!

Grüne Turnschuhe

Gleich am nächsten Morgen begleitet Leo seinen Großvater zum Supermarkt.

»Gib mir den Korb«, sagt er. »Nachher, wenn er voll ist, trag ich ihn auch.«

Großvater schüttelt den Kopf.

»Lass mal. Nimm dir bloß nicht zu viel vor, du Kraftbotz!«

»Na, guck doch!« Leo spannt die Oberarme an. Zwei kleine Hügel wölben sich darauf. »Siehst du, ich bin löwenstark!«

»Ist alles bloß Pudding«, sagt Großvater lachend. »Richtige Muskeln sehen anders aus.«

Leo versucht mit Großvater Schritt zu halten. Das ist schwierig, denn das Holzbein und das gesunde und der Stock haben keinen gemeinsamen Rhythmus.

Plötzlich bleibt Leo stehen.

Das ist ja verrückt! Aus dem Detektivspielen wird nichts mehr, denn die grünen Turnschuhe sind bereits da. Die baumeln einfach so von der Mauer vor dem Supermarkt!

Tolle Überraschung.

Jetzt trägt das Mädchen eine lange Hose und sieht erst recht aus wie ein Junge. An der Leine hält es einen kleinen braun-weißen Hund.

»Na, Melanie«, ruft Großvater. »Musst du auch einkaufen?«

»Ja! Aber Jojo lässt mich nicht reingehen, der will draußen nicht allein bleiben und quiekt wie ein Schwein. Ein paar Leute haben sich schon aufgeregt.«

»Hast du denn viel zu besorgen?«

»Nein, bloß drei Sachen.«

»Die bringe ich dir mit.«

Großvater lässt sich genau sagen, was sie einkaufen soll, und betritt mit Leo den Laden.

Als der Einkauf erledigt ist, übernimmt Leo selbstverständlich doch den schweren Einkaufskorb.

Großvater legt einen Arm um seine Schultern.

»Guck mal, Melanie, das ist mein Enkel Leo. Er bleibt zwei Wochen bei mir. Vielleicht wollt ihr mal zusammen spielen?«

Sie hüpft von der Mauer und ihre Augen weiten sich begeistert. »Hast du heute Nachmittag Zeit?«

Völlig verblüfft antwortet Leo: »Na gut.«

Am Nachmittag um vier Uhr holt Melanie ihn wirklich ab und sie bummeln die Plochstraße hinunter zum Park, bis zur Mroste. So heißt der kleine Fluss mit den Weiden am Rand und den bunten Enten.

Melanie hält ihren Hund fest an der Leine.

»Meine Brüder gehen nie mit ihm raus«, beschwert sie sich. »Immer muss *ich* das machen. Die behaupten einfach, das ist Mädchensache. Faules Pack!«

»Und deine Eltern?«, fragt Leo. »Geigen die deinen Brüdern da nicht die Meinung?«

»Tsss.« Melanie zieht eine Grimasse. »Die Jungs brauchen fast nie was zu helfen, die würden sowieso bloß meckern.«

»Dann musst *du* deine Brüder eben besser erziehen«, schlägt Leo vor. »Ich würde mir das jedenfalls nicht gefallen lassen.«

»Du bist ja auch kein Mädchen.« Sie verpasst Leo einen freundlichen Schubs, von dem er ein Stück die Böschung runter torkelt. »War übrigens lässig, wie du's Ronny gezeigt hast.«

»Ronny? Ist das der Lahmi aus dem Zug?«

»Genau. Der ist mein Bruder.«

»Ich fall tot um!«, stöhnt Leo. »Da kannst du einem echt Leid tun.«

»Du sagst es.«

Melanie erzählt, dass ihre Zwillingsbrüder Ronny und John dreizehn Jahre alt sind und nichts als Ärger machen.

»Weißt du übrigens, wie die deinen Opa nennen?«

Leo sieht Melanie groß an.

»Humpelbock.«

Au verdammt. Leo muss schlucken. Das tut mehr weh als eine Ohrfeige.

»So eine Gemeinheit!«, sagt er leise. »Mein Großvater hat sein rechtes Bein bei einem Unfall verloren. Das war ganz schrecklich für ihn und da darf sich niemand drüber lustig machen!«

»Jetzt sei nicht gleich sauer«, sagt Melanie. »Hätte ich mal besser meinen Mund gehalten.«

»Nein! Gut, dass ich das weiß.« Leos Augen werden schmale Schlitze. »Deine Brüder können was erleben!«

»Geh ihnen lieber aus dem Weg, die können ziemlich fies werden.«

»Wetten, dass ich stark genug bin?« Leo hebt entschlossen den Kopf. »Die sollen mir bloß über den Weg laufen!«

»Und dann?« Melanie sieht ihn zweifelnd an. »Das wünsche ich mir manchmal auch. Plötzlich superstark sein! Ich meine, nicht bloß mit Muskeln. Auch mit Wörtern! Dann würde ichs ihnen geben, bis ihnen nichts mehr einfällt.«

»Ich hab jedenfalls keine Angst vor deinen Brüdern.« Er boxt einen unsichtbaren Gegner k.o. »Leo bedeutet nicht umsonst Löwe.«

»Soll ich dir sagen, was Melanie heißt? – Die Schwarze.«

Leo verstellt gruselig seine Stimme: »Melanie, die *Schwarze Rächerin* und Leo der *Löwenstarke*! Passt irgendwie gut zusammen – oder? Du, den Humpelbock kriegen die zurück. Da kannst du dich drauf verlassen.«

Im Ufergras beobachten sie noch eine Weile die Enten. Jojo auch, er sitzt die ganze Zeit auf dem Sprung und jault leise. Aber Melanie lässt die Leine nicht locker.

»Puh, warm!« Sie zieht ihre Turnschuhe aus und wackelt mit den Zehen.

»Bisschen zu giftig grün«, stellt Leo fest.

»Finde ich überhaupt nicht. Probier doch mal an!«

Leo schlenkert seine Sandalen ab und schlüpft in Melanies Schuhe. »He, passen sogar!«

Vergnügt schnallt sich Melanie Leos Sandalen zu und dann küssen sie sich beide. Natürlich nicht echt, sondern nur mit den vertauschten Schuhsohlen.

Eins steht damit fest: Ab sofort sind *Leo Löwe* und *Schwarze Rächerin* Verbündete!

Angriff aus dem Hinterhalt

»Ich habe nochmal rote Grütze gekocht«, sagt Großvater. »Leo, wenn du willst, koche ich dir jeden Tag eine. Ich weiß doch, dafür würdest du auf dreimal Geburtstag verzichten. Stimmts oder habe ich Recht?«

»Stimmt«, sagt Leo. »Und du hast Recht.«

Melanie und Leo sitzen mit Großvater auf der Steinbank hinter dem Haus. Diesmal gibt es Sahneeis zur roten Grütze.

Sie haben sich schon fast bis auf den Grund der Schüssel durchgebuddelt, als Melanie plötzlich ruft: »Huch?«

Ein paar Tropfen kullern ihren Arm hinunter.

Großvater reckt die Nase in die Luft. »Fängt wohl an zu regnen?«

Am Himmel ist aber nicht die kleinste Wolke zu sehen.

»Komisch«, sagt Melanie. »Vielleicht hat ein Vogel runtergepieselt.«

Pitsch, da kriegen sie alle drei was ab.

»Müsste ein ziemlich großer Vogelschwarm sein.« Großvater zieht die Stirn in Falten und sieht zur Hausecke. »Hallo, ist da jemand?«

Niemand meldet sich.

»Wenn das mal nicht meine Brüder sind.« Melanie will schon aufstehen und nachsehen.

Doch Leo flüstert: »Pst, bleib sitzen. Angriff aus dem Hinterhalt. *Starker Löwe* begibt sich auf Kriegspfad!« Er legt den Finger an den Mund, damit Großvater und Melanie ihm jetzt nichts vermasseln.

Seine Schultern straffen sich. Wo lauern die Bleichgesichter? Lautlos pirscht er zur Hausecke und drückt sich gegen die Wand.

Ah, da schiebt sich eine feindliche Kanone um die Ecke. Eine schwarze Pistole mit Fingern dran!

Flitsch, der nächste Wasserstrahl trifft Großvaters Halbglatze.

Wie der Blitz schnellt Leos Hand vor. Ruckzuck, reißt er die Wasserpistole an sich, sodass ihr Besitzer gleich mit stolpert.

Es ist nur *ein* Bleichgesicht.

»Hallo Pappnase!«, begrüßt Leo Ronny überfreundlich.

Ronny grapscht nach seinem Spielzeug. »Gib her, du Pimpf!«

Doch Leo ist schon zurückgesprungen. Drei kräftige Spritzer, und Ronny muss prusten wie ein Rhinozeros.

Das lässt er nicht auf sich sitzen. Er packt Leos Arm und dreht ihn so fest nach hinten um, dass ihm die Pistole aus der Hand rutscht.

»Aaahhh, hör auf!« Verflixt, tut das weh ...

Großvater ist aufgestanden und fuchtelt mit dem Puddinglöffel. »Sieh zu, dass du Land gewinnst, sonst mach ich dir Beine!«

»Ah ja?« Ronny grinst ihn unverschämt an. »Das will ich erleben!«

Wie ein gereizter Löwe fängt Leo an zu knurren. Mit einem Ruck windet er sich los. Wer so dreist über Großvater spottet, der kriegt eins drauf. Poff rechts, poff links! Er zielt zwei kraftvolle Gerade aus dem Schultergelenk und trifft seinen Gegner knapp über der Gürtellinie.

»Keine Prügelei, Leo!«, befiehlt Großvater scharf. »Ich will hier meine Ruhe haben! Ronny, verschwinde sofort von meinem Grundstück. Und du, Leo, setz dich hin, sonst wird ...«

Er schnappt nach Luft und weiß nicht weiter.

»... sonst wird dein Eis kalt!«, äfft Ronny ihn nach, legt langsam den Rückwärtsgang ein und ist schon verschwunden.

»Ich geh jetzt besser auch.« Melanie steht auf. »Vielen Dank für die leckere Grütze, Herr Loewerts. Tut mir Leid, dass mein Bruder so unmöglich ist. Bitte, entschuldigen Sie ...«

Großvater hält sie an der Hand zurück.

»So weit kommts noch, dass du dich für deine Brüder entschuldigen musst! Bleib mal schön hier. Du kannst nichts dafür, dass sie die ganze Gegend unsicher machen.« Er stößt Luft durch die Zähne, dass es zischt. »Leo, sollte dich einer von den Feldmann-Jungs beim Wickel haben, sagst du mir Bescheid, verstanden?«

Leo nickt zwar, aber im Stillen sagt er: Wie willst *du* mich verteidigen mit einem heilen Bein, einem halben und einem Stützbein? Damit bist du doch viel zu langsam, Großvater.

Er atmet tief durch. »Dem Typ bringe ich selber bei, wer hier der Pimpf ist!«

Leo blinzelt auf die grünen Turnschuhe mit den rosaroten Schnürbändern an seinen Füßen. Damit fühlt er sich gleich dreimal so stark!

»Ich habs!« Er zieht Melanie am Arm weg. »Jetzt machen wir beide Krafttraining, dass die Fetzen fliegen!«

Sie stürmen so wild auf die Ziegenwiese, dass Zizibi einen erschrockenen Luftsprung macht.

Muskelmann und Muskelfrau

Schon den zweiten Nachmittag geht es auf Großvaters Wiese so lautstark zu, als tobte hier eine Horde wilder Affen. Aber schließlich will Melanie stark werden. Und Leo noch zehnmal stärker als stark!

»Komm her, du Schrottwürstchen!«, brüllt Melanie. »Aaahuh!«

»Jääääiiiiihhhh!«, röhrt Leo. »Ich häng dich an den Ast, du schlapper Waschlappen!«

Sie stürzen aufeinander los. Keuchend ringen sie, beißen die Zähne zusammen und messen ihre Kräfte. Es hört sich ziemlich gefährlich an.

Gerade lassen sie sich einen Moment los und Leo springt wie ein Orang-Utan um die Ziege.

Die macht sich ganz verstört aus dem Staub.

»Karamba, die Wildsau!«, schreit Melanie.

Mit einem zirkusreifen Satz springt sie Leo wieder an. Davon fallen beide um und kugeln durch das Gras, bis Melanie auf Leo thront.

Sie lacht triumphierend: »So, jetzt mach ich Frikassee aus dir!«

»Na los, du schleimige Pickelkröte! Gleich kannst du deine Knochen mit dem Besen zusammenfegen!« Und schwupps, hat Leo sie abgeworfen.

»Hat eine Kröte überhaupt Knochen?«, japst Melanie außer Puste. »Du, wir brauchen unbedingt erst mal andere Kinder zum Ausprobieren, ob die Respekt vor uns kriegen.«

»Brauchen wir nicht«, hechelt Leo. »Morgen fangen wir gleich richtig an mit Ronny und John. Uaaaah! Wenn die frech werden, hiev ich die auf den Schornstein.«

»Jeden, der uns ärgert, machen wir kalt!« Melanie strengt sich an, ihre Muskeln anzuspannen. Leider wölben sich noch nicht die kleinsten Hügel auf ihren Oberarmen.

»Ihr macht vielleicht einen Krakeel! Davon kriegt man ja 'ne Gänsehaut! Was soll das denn werden, wenn es fertig ist?«

Großvater steht vor ihnen. Sie haben ihn gar nicht kommen hören.

Melanie erklärt es ihm: »Hier sehen Sie die

Schwarze Rächerin und Leo den *Löwenstarken* beim Muskeltraining. Wir wollen die Stärksten der Welt werden! Los, Leo, weitermachen!«

Und schon ringen sie wieder.

»Gib auf, du schlotterndes Klappergestell!«, ruft Melanie und gurgelt vor Kichern.

Doch Leo wälzt sie blitzschnell auf den Rücken und hält ihre Arme fest. »Ha! Könnte dir so passen, du stinkende Klobürste!«

Nach heftigem Herumkugeln schafft es wieder Melanie, auf Leos Rücken zu thronen.

»Na, du Kleiner? Jetzt mach dein Testament, du müder Humpelbock.«

Mit einem Mal verhält sich Leo ganz still. Sein Gesicht sackt ins Gras, er macht sich schlaff und wehrt sich nicht mehr.

»Saublödes Spiel«, zischt er und spuckt Grashalme aus.

»Nanana«, beschwichtigt Großvater. »Du hast Melanie doch genauso beschimpft! Ich denke, das ist Spiel?«

»Tut mir Leid.«

Melanie lässt ihn los. »Das blöde Wort ist mir nur so rausgerutscht.«

Leo steht auf. Er starrt mürrisch vor sich hin und zieht den Mund schief.

»Bist du jetzt sauer?«, fragt sie.

»Quatsch«, widerspricht er. Trotzdem, mit einem Schlag ist bei ihm die Luft raus.

Humpelbock ... damit hat Ronny Großvater beleidigt. Beschimpfen kann fast so wehtun wie Prügel, das merkt Leo jetzt.

»Ich hab euch was gekocht«, lenkt Großvater ab. »Könnt ihr denn da auch gleich kräftig reinhauen?«

»Ins Mittagessen?«, fragt Melanie.

»Genau.«

Und ob sie das können!

Als sie mit Leo auf der Steinbank sitzt, ist der kleine Zwischenfall schon längst wieder vergessen.

Es duftet köstlich aus der offenen Küchentür!

»Soll ich dir noch was von meinen Brüdern verraten?« Melanie starrt dabei auf die Hauswand, auf der ein schmutzig roter Fleck zu sehen ist. »Bleibt aber unter uns, versprochen?«

Leo feuchtet zwei Finger mit Spucke an und schwört.

»Also das ist Ketschup, was da dranklebt.«

»Ketschup? Wieso ...«

»Kein echtes. Ronni und John haben da nur mit faulen Tomaten Zielen geübt. Und ein anderes Mal haben sie deinem Großvater so viel Spülmittel in die Regentonne geschüttet, dass oben Schaum rausgequollen ist. Hat er dir das nicht erzählt?«

»Nein. Ist ja so was von feige!« Leo schnieft wütend durch die Nase. »Die mach ich zur Schnecke, da kannst du Gift drauf nehmen.«

»Jetzt gleich?«, fragt Melanie. »Damit würdest du mir einen Gefallen tun. Ich trau mich nicht, ich muss erst noch ein bisschen trainieren.«

Aber vorher essen sie gefüllten Kürbis mit lauter buntem Gartengemüse drin.

»Hmmm! So was Leckeres gibt es bei uns nie.« Melanie mampft mit Riesenappetit. »Meine Mutter kocht uns mittags nämlich selten was.«

»Dann esst ihr abends Mittagessen?«, fragt Leo.

»Abends kann man doch nur Abendessen essen. Nein, *ich* koche mittags immer.«

»Wieso denn du?«

Sie zuckt mit den Achseln. »Bei uns ist es eben anders als in anderen Familien.«

»Melanie!«, ruft im selben Moment jemand von der Straße.

»Schade«, sagt sie. »Bestimmt muss ich gehn.«

Tatsächlich, kurz danach schiebt Ronny sein Rad um die Hausecke. Oder ist es John? Melanie hat gesagt, die Zwillinge würden sich zum Verwechseln ähnlich sehen.

»Tach«, begrüßt er Leos Großvater. »Melanie, du sollst sofort nach Hau-se kommen, Mutti gehts nicht so gut. Los, beeil dich.«

Ronny starrt auf die Teller, als würde er auch gern etwas von den duftenden Gemüseresten essen wollen.

»Was ist denn mit Mutti, John?«

»Weiß nicht genau. Sollst ihr was helfen.«

Melanie lässt auf der Stelle alles stehen und liegen. Sie reicht Großvater die Hand. »Das Essen war ganz lecker, Herr Loewerts. Danke! Tschüs, Leo, bis morgen.«

»Jetzt mach endlich!« John verpasst seiner Schwester einen ungeduldigen Schubs.

Und da sehen sich Großvater und Leo viel sagend an und runzeln die Stirn.

Besuchskind

Am nächsten Nachmittag kommt Melanie Leo und seinen Großvater noch einmal besuchen.

»Wie gehts deiner Mutter?«, fragen beide wie aus einem Mund.

»Besser. Sie sagt leider nie genau, was ihr fehlt. Aber ich glaube, es ist wegen Vati. Über den regt sie sich zu oft auf, weil der ...« Melanie unterbricht sich. »Ach, ist ja auch egal. Leo, was machen wir heute?«

»Wenn ihr wollt, könnt ihr euch meine alte Werkstatt als Spielwohnung einrichten«, schlägt Großvater vor.

Melanie und Leo sind begeistert! Die müssen sie sich sofort genauer ansehen. Sie grenzt ans Haus und hat eine Tür zur Küche.

»Sehr praktisch«, stellt Melanie fest. »Ich meine, von wegen Kühlschrank und so.«

Eigentlich ist die Werkstatt gar keine richtige Werkstatt, sondern eine Wüstbude mit lauter altem Gerümpel. Zwei Hocker stehen drin, eine wacklige Bank, ein Regal mit Eingewecktem, staubigen Büchern, verrosteten Werkzeugen und tausend anderen Sachen.

»Toll, hier steht ein echter Herd. Im Backofen sind Pfannen!«, ruft Melanie. »Jetzt haben wir sogar eine eigene Küche.« Sie stöbert weiter herum und während sie brauchbare Gegenstände herauskramt, pumpt Leo mit einer Tretpumpe eine doppelte Luftmatratze auf.

»Das wird unsere Kuscheltierburg aus Decken und Kissen«, sagt er.

Melanie seufzt. »Am liebsten würde ich über Nacht hier bleiben.«

»Mach doch! Großvater erlaubt es bestimmt.«

»Aber meine Mutter vielleicht nicht, wenn es ihr wieder schlecht geht.«

Mit Großvater klärt Leo das sofort.

»Ich hab nichts dagegen«, brummt er gutmütig. »Ist doch prima, dass ihr euch so prächtig versteht.«

Danach flitzt Leo mit Melanie zu dem kleinen Haus, in dem Feldmanns wohnen. Er wartet aber lieber draußen auf den Eingangsstufen.

Denn nach Ronny und John hat er keine Sehnsucht. Leo drückt beide Daumen, dass Frau Feldmann nicht nein sagt.

Im ersten Stock geht nach ein paar Minuten ein Fenster auf und Melanie beugt sich raus.

»Klappt es?«, fragt Leo.

Sie zieht die Mundwinkel nach unten und schüttelt betrübt den Kopf.

»Mist«, murmelt Leo enttäuscht.

Wenig später steht Melanie in der Haustür, bepackt mit Kleidern und Kuscheltieren.

»Reingelegt, reingelegt!« Sie kichert plötzlich und tanzt die Stufen runter. »Juhuuu, ich darf doch!«

»Warte mal, Melanie!«, ruft Frau Feldmann ihr nach. »Ich hab noch was für euch!«

So sieht also Melanies Mutter aus. Ein bisschen zottelig ihre Haare. Und dunkle Augenringe hat sie, als wäre sie krank. Aber ihr Gesicht findet Leo hübsch.

Sie fragt ihn: »Du bist sicher der löwenstarke Enkel von Herrn Loewerts?«

Er nickt und läuft bis zu den Ohren rosa an.

»Pass auf, Leo! Für eure Spielküche!«

Er fängt die Tüte auf, die sie ihm zuwirft. Schokoplätzchen und Kartoffelchips sind drin.

»Danke, Mutti«, ruft Melanie, und dann galoppiert sie mit Leo die Plochstraße zurück.

»Was hat deine Mutter eigentlich gesagt?«, fragt er.

»Dass sie deinen Großvater sehr nett findet. Deswegen darf ich mit.«

»Haben deine Brüder auch was gesagt?«

»Haha, die haben bloß blöd aus der Wäsche geguckt und mir dann viel Spaß gewünscht.«

In der Spielwohnung rücken sie Tisch und Stühle hin und her. Und als Wohnzimmerwände hängen sie Decken über die Stuhllehnen. Melanie verteilt lauter Krimskrams und ihre Plüschtiere um sich herum. Urgemütlich! Nur vom vielen Staub bekommen sie bald eine Staublunge und müssen husten.

Am schönsten ist die Kuscheltierburg. Vom Regal neben der Tür bis zur anderen Wand spannen sie eine durchsichtige Gardine darüber.

»Wie im Himmel.« Melanie streckt sich wohlig zwischen Elefant, Riesenmaus, Teddy und blauer Katze aus. »Schade, dass wir Jojo nicht mit haben. Dann hätten wir einen echten Wachhund heute Nacht.«

»Willst du etwa hier unten schlafen?«

»Wo denn sonst?«

»Superidee!« Leo seufzt zufrieden. »Einfach Spitze, dass du hier bleibst.«

»Finde ich auch. Bei deinem Großvater ist es tausendmal schöner als bei uns. Ich bin froh, dass ich mal von zu Hause wegdarf.«

»Wegen Ronny und John?«

»Auch. Aber vor allem, weil mein Vater abends so oft in die Kneipe geht. Zum Skatspielen mit Kollegen. Da kippen die ein Bier nach dem andern, sagt Mutti. Obwohl wir wenig Geld haben! Und sie sitzt dann alleine zu Hause und ärgert sich krank. Außerdem, Vati könnte ja auch mal was im Haus helfen. Das mach aber bloß immer ich.«

»Wieso? Du hast doch auch Brüder!«

»Die kannst du vergessen. Meine Mutter verzichtet auf ihre Hilfe, weil die immer gleich so frech werden. Sie braucht dringend mal Erholung. Klappt aber nicht. Vati hat ein neues Auto gekauft, das müssen wir erst abbezahlen. Du kannst dir vorstellen, dass meine Mutter darüber stinkwütend ist.« Melanie drückt ihre Katze aus blauem Plüsch an sich. »Bei dir zu Hause ist es nicht so grässlich, stimmts?«

Leo schüttelt den Kopf. Er hat es wirklich viel, viel besser. Und er ist froh, dass Großvater heute auch Melanie gehört. Vielleicht darf sie ihn ja mal besuchen, wenn Leo wieder zu Hause ist?

Großvater balanciert einen Teller mit bunt geschmückten Käsebroten herein. Tomaten, Gürkchen und Banane sind drauf.

»Vorsicht, macht mal Platz!«

Danach bringt er ihnen noch eine Kanne Tee aus Brombeerblättern und Pfefferminze, eigene Ernte. Melanie staunt nur so.

»Leo, zähl mal das Alphabet im Kopf, bis ich stopp sage. Achtung, fertig, los!«

Bei »M« ruft Melanie stopp. »Also spielen wir jetzt ein Spiel mit M. Einverstanden?«

Sie zählen ganz viele auf. Memory, Mühle, Monsterschnappen, Mikado, Mensch ärgere dich nicht. Aber Großvater hat nur Mühle. Und das spielen sie eine ganze Stunde.

Danach dürfen sie unter einer Dusche aus kühlem Regenwasser hinter dem Haus duschen. Sie hopsen und kreischen wie wilde Indianer, weil das Wasser fast kalt ist.

»Hiiih!«, quiekt Melanie lachend. »Das ist überhaupt das Allerbeste vom ganzen Tag! Huhuhu, aber mir ist eiskalt, ich hätte meinen warmen Schlafanzug einpacken sollen. Hab bloß ein T-Shirt mit.«

Schlotternd und bibbernd rubbeln sie sich trocken.

»In der Dachstube sind Nachthemden von meiner Großmutter.« Leo klappert mit den Zähnen. »Welche von früher, lange mit Spitze.«

Sie rennen um die Wette nach oben. Melanie ist Erste und sucht sich ein weißes aus.

Leo klettert mit den Füßen zuerst in ein rosarotes.

Als huschende Feen tänzeln sie damit ins Wohnzimmer und kichern sich kringelig.

»Ohooo!« Großvater muss schmunzeln. »Schneeweißchen und Rosenrot, ganz entzückend! So, ab ins Bett mit euch, sonst erzähl ich euch keine Geschichte.«

Sie holen aus dem Dachzimmer Leos Bettzeug und Decken für Melanie und verwandeln die Kuschelburg in eine weiße Bettenburg.

Großvater setzt sich auf die Wackelbank. Er verschränkt die Arme und macht den Mund spitz, wie immer, wenn er nachdenkt.

»Erzähl was von früher«, bettelt Leo. »Wo du mal was ausgefressen hast.«

»Ich hab nie was ausgefressen«, beteuert Großvater.

»Haha, wers glaubt!« Leo legt sich auf den Bauch und stützt das Kinn auf seine Hände.

Melanie hält sieben Schmusetiere auf dem Schoß fest und reißt gespannt die Augen auf.

Eierpampe

»Hm ... in eurem Alter«, beginnt Großvater, »als ich so neun oder zehn war, da hatte ich ein Fahrrad. Eine uralte Klapperscheese. Das Vorderrad hat geeiert, das Hinterrad geschlackert. Machte nichts, ich war stolz darauf wie Oskar.«

»Damit wär ich aber nicht rumgefahren«, sagt Melanie. »Mit so 'ner alten Kutsche.«

»Ich schon«, sagt Großvater. »Ich kannte keinen, der ein besseres besaß. So. Einmal hat mich meine Mutter einkaufen geschickt. Deine Urgroßmutter, Leo! Ich sollte unbedingt zu Fuß gehen und zwanzig Eier mitbringen. Es gab früher keine Pappbehälter, wo sie nicht drin kaputtgehen konnten. Ich kriegte eine volle Papiertüte in den Arm gedrückt, und die musste ich äußerst behutsam in meinem Korb transportieren.«

»So viele Eier?«, staunt Melanie. »Wegen Ostern?«

»Nee, wegen unserer großen Familie. Acht

Geschwister. Wie gesagt, ich sollte zu Fuß gehen. Aber was hab ich gemacht, he?«

»Bist du heimlich mit dem Rad gefahren?«, fragt Leo.

»Was sonst! Unten in meinen Korb hab ich zerknüllte Zeitungen gelegt, hab ihn auf den Gepäckträger geklemmt und die Eiertüte vorsichtig reingelegt. Dann bin ich auf meine Wackelkarre gestiegen und losgejuckelt, die ganze Plochstraße lang. Wäre auch alles gut gegangen. Aber dann kam mir ein Auto entgegen. Ich musste an die Seite, fuhr in ein Schlagloch und ...«

»Oh je, ich weiß, was kommt!«, ruft Melanie dazwischen. »Der Korb ist runtergekippt.«

»So ist es. Und ich selber auch! Da waren die Eier natürlich alle ...«

»... Matschpampe«, vollendet Leo.

»Stimmt. Zwanzig Knickeier, mindestens die Hälfte davon ausgelaufen.«

»Hast du Senge gekriegt, Großvater?«

»Nicht gleich, denn Mutter war gerade nicht im Haus. Und da hab ich alle Eier in eine Schüssel geschlagen. Aber als sie wiederkam, hat sie mir für jedes kaputte Ei eine runtergehauen. Zwanzig Ohrfeigen! Für uns waren Eier nämlich eine Kostbarkeit, weil unsere Familie nicht gerade reich war. Uijui, jeden Finger einzeln sah man auf meinen Backen, die brannten wie Feuer.«

Obwohl die Geschichte traurig ist, muss Leo doch lachen. »Brutal! Aber jetzt sieht man ja nichts mehr davon. Und was habt ihr mit den vielen Eiern gemacht?«

»Zur Überraschung von acht hungrigen Mäulern hat Mutter mitten in der Woche eine Torte gebacken. Vom Rest gab es Rührei.«

»Hm, lecker! Kannst du ja morgen auch machen«, schlägt Leo vor. »Hast du wenigstens was von der Torte abgekriegt?«

»Sogar drei Stück. Die Ohrfeigen haben ihr nämlich hinterher Leid getan. So, und jetzt gute Nacht. Ach, vor Zizibis Stalltür muss noch der Riegel geschoben werden.«

»Können wir gleich noch machen«, sagt Leo. »Geh ruhig schon ins Haus, Großvater.«

Er reicht Leo einen altmodischen Schlüssel. »Schließt danach die Werkstatt von innen ab. Sonst werdet ihr mir noch geklaut.«

Später, als Melanie und Leo nebeneinander im Bett liegen, scheint der Halbmond ins Fenster.

»Bei euch fühle ich mich unheimlich wohl«, schwärmt Melanie. »Du hast einen supernetten Großvater. So einen hätte ich auch gern.«

»Weißt du, was er manchmal sagt, wenn er was ganz Tolles erlebt hat? Der Tag ist so schön, den rahme ich mir ein und hänge ihn an die Wand. Würde ich jetzt am liebsten auch.«

Melanie seufzt entspannt. »Du Leo, wir schwören uns, dass wir die ganze Nacht wach bleiben.«

»Ist gut«, sagt Leo. »Mit Spucke.«

Sie machen jeder zwei Finger feucht und

drücken sie aneinander. Es ist, als würden sie sich schon eine Ewigkeit kennen.

Erst gegen Mitternacht wird es ruhiger in der Werkstatt. Leo genießt das angenehm aufregende Gefühl, in die Dunkelheit zu schauen. Man braucht sich gar nicht viel zu erzählen, denkt er. Es ist auch so schön. Mit dem Mond im Fenster. Den geheimnisvollen Schatten in der Spielwohnung.

Er lauscht auf Melanies Atem. Und schnappt vor Glück nach Luft. Denn eine Freundin zu haben, ist noch viel, viel besser als jeden Tag rote Grütze zu essen.

»Du weißt, nicht einschlafen«, ermahnt sie ihn leise.

»Auf keinen Fall.« Leo verkneift sich ein Gähnen. Einschlafen? *Er* doch nicht!

»Schläfst du doch schon?«, murmelt Melanie.

»Nein. Du etwa?«

»Auch nicht.«

»Aber du hast eben ein bisschen geschnarcht.«

»Das warst du ... selber ...«

Auf einmal ist es mucksmäuschenstill.

Der Einarmige

Mitten in der Nacht hört Leo ein metallisches Geräusch und schreckt hoch.

Er reißt die Augen auf. Wo ist er denn hier? Ach ja, in der Werkstatt. Atemlos horcht er in die Dunkelheit und versucht etwas zu erkennen.

Die Schatten um ihn herum bewegen sich

nicht. Das heißt aber gar nichts. Vielleicht lauert irgendwo ein Dieb. Oder ein gefährliches Tier, das ihn gleich anspringt ...

Da – scheppert draußen nicht die Gießkanne?

Sein Herz schlägt wie eine Trommel. Und jetzt hört er deutlich, dass vor der Tür etwas raschelt.

Leo tastet nach Melanie. Die liegt zum Glück noch neben ihm und atmet ruhig.

Er rüttelt sie vorsichtig.

»... ist denn ...«, brummelt sie nur.

Vors Fenster schiebt sich ein schwarzer Jemand. Großvater?

Unmöglich, der schleicht nachts nicht durch den Garten. Oder doch? Kommt er nachsehen, ob hier alles in Ordnung ist?

Warum bleibt er draußen stehen? Vielleicht ist es ja ein Geist ...

Leo liegt wie erstarrt. So lieb er seine Großmutter hatte, als Nachtgespenst möchte er sie nun doch nicht wiedersehen.

Steht nicht die Tür ein bisschen offen? Wird der Schatten nicht größer?

Hilfe, der ist gar nicht draußen, sondern drin! Die Dielen ächzen, er kommt näher.

»Öch bön der Oinarmige«, krächzt eine grässliche Monsterstimme. »Öch bönnn der beröchtigte Oinarmigeeee!«

Vor Angst wimmert Leo: »Tun Sie mir bitte nichts! Ich geb Ihnen auch mein ganzes Taschengeld.«

»Öch wöll nöch doin Taschengeld, öch wöll döch holen!«

Etwas zupft an Leos Zudecke.

»Grooßvater!«, brüllt er los. »Grooßvater!«

Plötzlich prustet der Einarmige vor Lachen. Und draußen fängt noch jemand an zu kichern. Der Spuk ist vorbei, zwei Gestalten rennen raus auf die Straße.

»War der Einarmige eben hier?«, fragt Melanie verschlafen. »Ach, das ist Ronnys Lieblingsnummer. Du Leo, wir haben auch vergessen, die Tür abzuschließen.« Sie gähnt. »Finde ich total daneben, wo dein Großvater doch ein Einbeiniger ist.«

Leo atmet erleichtert auf, aber ein bisschen zittert er noch.

»Bloß gut, dass mein Großvater schwerhörig ist. Den hätte vielleicht der Schlag getroffen!«

Er dreht den Werkstattschlüssel vorsichtshalber zweimal herum. »Rache ist Blutwurst, das kriegen deine Brüder zurück«, faucht er. »Bist du mit dabei, *Schwarze Rächerin*?«

Tsss-tsss-tsss ...

Die hört gar nicht mehr zu, denn sie ist längst wieder im Reich der Träume versunken.

Wo bleibt Melanie?

»Ich möchte mal wissen, warum sie nicht kommt. Ich hab sie schon angerufen, aber keiner geht dran.« Leo rutscht unruhig auf dem Po hin und her. »Sie hat es doch versprochen!«

Melanie ist schon zwei Tage nicht aufgetaucht. Es ist richtig langweilig, obwohl Großvater Mühle mit Leo spielt. Und heute will er ihm sogar Schach beibringen.

Mit Melanie hätte es viel mehr Spaß gemacht!

Beim Essen fragt Großvater nachdenklich: »Ob bei Feldmanns etwas nicht stimmt?«

»Meinst du, Frau Feldmann ist inzwischen so krank, dass sie Melanie zu Hause braucht?«

Großvater holt geräuschvoll Luft. »Wenn mir diese Banditen kein Dorn im Auge wären, würde ich selber gucken gehen, was los ist.«

»Meinst du damit John und Ronny?«

»Jawohl. Hab absolut keine Lust, mir ihr freches Grinsen anzusehen.«

Während Leo die Teller zusammenräumt, wird ihm plötzlich klar: Dann muss *er* sich eben in die Höhle der Banditen begeben. Überhaupt, das hätte er schon längst tun sollen. Ein echter Freund lässt seine Freundin nicht im Stich.

Großvater legt sich nach dem Essen hin. Und da macht sich Leo sofort auf den Weg. Unterwegs pocht sein Herz immer heftiger und vor Feldmanns Haustür verwandelt es sich in eine wilde Buschtrommel.

»Mach dir nicht ins Hemd«, sagt er leise zu sich selber und saugt dreimal tief Luft ein. Das hilft gegen Lampenfieber.

Dann klingelt er.

Niemand öffnet, nur Jojo kläfft.

Leo drückt die Klingel noch einmal.

Schritte trampeln eine Treppe runter. Hören sich kein bisschen nach Melanies an.

Einer ihrer Brüder öffnet, Leo tippt auf John. »Hä?« Er schiebt Jojo unsanft mit dem Fuß zurück.

Wie ein Frosch glotzt er Leo an.

Dann schreit er ins obere Stockwerk: »Ronny, erwartest du einen Gartenzwerg?«

Also richtig getippt, es ist John.

Gleich danach kommt Ronny das Treppengeländer runtergerutscht und Leos Herz buppert plötzlich bis in den Hals. Jetzt bloß nicht mit der Stimme wackeln ...

»Ist Melanie zu Hause?«

Ronny zieht die Augenbrauen zusammen. »Was willst du von der?«

»Würde ich ihr gerne selber sagen.«

»Die ist nicht hier. Also, sags mir.«

»Heißt du Melanie?«

»Ey, der wird rotzig«, kichert John. »So was gefällt mir. Los, komm rein, Gartenzwerg.«

»Seid ihr schwer von Begriff? Ich will nicht euch besuchen, sondern eure Schwester. Also, wo finde ich sie?«

»Im Krankenhaus«, lässt Ronny ihn wissen. »Bei meiner Mutter. Zufrieden?«

»In welchem?«

»Hier gibts nur eins.«

»Danke für die überaus freundliche Auskunft. Affenarsch!« Leo dreht sich um und stapft wütend weg.

Einer der Jungen springt die Außentreppe runter.

Mist, jetzt kriege ich eine gewischt für den *Affenarsch,* denkt Leo und rennt los.

»Ey warte!«, ruft Ronny ihm nach. »Ich erkläre dir, wie du hinkommst!«

Überrascht dreht sich Leo um. Wieso ist der auf einmal so friedlich? Der blufft doch bestimmt bloß ...

Da hat Ronny ihn eingeholt.

»Meine Schwester geht jeden Tag hin, weil mein Vater bis abends arbeiten muss.«

Leo wird langsamer und schnaubt verächtlich durch die Nase.

»Melanie muss also jeden Tag hingehen. Aber sie hat doch auch Ferien! Und was macht ihr so lange? Pff, ihr seid echt ’ne Superfamilie.«

Mit festen Schritten stiefelt er weiter und beachtet Ronny nicht mehr.

»Findest du doch nicht!« Ronny lässt sich nicht abschütteln. »Ich bringe dich hin.«

Leo hält einen Moment an und sieht ihm skeptisch ins Gesicht. »Na gut«, sagt er dann. »Ich sag nur rasch meinem Großvater Bescheid.«

Er wartet auf eine abfällige Bemerkung von Ronny. Doch ausnahmsweise kommt keine.

Leos List

Weil Großvater noch schläft, schreibt Leo ihm auf einen Zettel, wohin er geht.

Im Garten pflückt er rasch einen Strauß Ringelblumen, dann ist er startklar.

»Wofür denn das?«, fragt Ronny und zeigt auf die Blumen.

»Na, um deiner Mutter eine Freude zu machen.«

Ronny steckt die Hände in die Hosentaschen und sie gehen nebeneinander.

»Übrigens«, sagt Leo nach ein paar Schritten gedehnt. »Dass du da nachts einfach in die Werk-

statt von meinem Großvater gekommen bist, war ganz schön dreist.«

»Wieso? Melanie war ja auch drin.«

»Die hatte mein Großvater eingeladen. Im Gegensatz zu dir! Außerdem, was hättest du gesagt, wenn er vor Aufregung einen Schlaganfall gekriegt hätte?«

»Quatsch, der doch nicht. Aber *du* hast dir vor Angst ins Hemd geschissen.«

»Na und? Hättest du bestimmt genauso. Ach, da fällt mir noch was ein: Wieso glaubst du, humpelt mein Großvater?«

»Interessiert mich nicht.«

»Wenn es dich nicht interessiert, warum nennst du ihn dann Humpelbock?«

Ronny rümpft die Nase. »Blas dich bloß nicht so auf, du Pimpf.«

»Keine Sorge, bin gleich fertig. Ich finde es nur ziemlich fies, wie ihr euch über ihn lustig macht. Es hat sich wohl noch nicht bis zu euch rumgesprochen, dass der Humpelbock vor zehn Jahren von einem Lieferwagen angefahren wurde. Sein Bein wurde total zerquetscht und musste abgenommen werden. Echt witzig, oder?«

Mit einem Ruck bleibt Ronny stehen.

»Hör mal, Pimpf«, stößt er kalt durch die Zähne. »Ich bin nicht mitgekommen, um mir solchen Quark anzuhören. Kapiert?«

»Logisch.« Leo lacht gehässig. »Zu anderen gemein und unfair sein tut ja auch nicht weh. Bloß wenn du mal selber was abkriegst, so wie jetzt, das kannst du aber überhaupt nicht vertragen.«

»Halts Maul.«

»Wieso? Ist doch verdammt feige, wenn man immer Schwächere ärgert!«

Mit angewiderter Miene spuckt Ronny vor Leos Füße. Dann deutet er auf ein rotes Gebäude an der nächsten Ecke. »Da hinten ist es.«

»Wie, du kommst nicht mit rein?«

»War erst vorgestern da.«

»Versteh ich nicht. Wo du doch gerade schon hier bist? Los, deine Mutter wird sich freuen.«

Ronny bleibt unschlüssig stehen.

»Na gut ... kann ich ja machen.«

Vor Zimmer 27 im dritten Stock kommt Leo urplötzlich eine kleine Racheidee: Er drückt Ronny die Blumen in die Hand. Und bevor der protestieren kann, klopft er und schiebt ihn ins Zimmer.

Abwartend bleibt Leo in der Tür stehen.

Als Melanie ihn sieht, springt sie überrascht vom Stuhl auf. »*Leo Löwenherz*! Das finde ich ja toll!«

Er wird puterrot. Soll *Löwenherz* ein Kompliment sein oder was?

Frau Feldmann scheint Leo gar nicht zu bemerken, so sehr staunt sie über Ronnys Besuch. Sie streckt die Arme nach den Ringelblumen aus und lächelt überrascht.

»Na, wie siehts aus, Mutti?«, fragt er etwas verlegen.

»Schon viel besser.« Frau Feldmann steckt die Nase in den gelben Strauß und atmet seinen herben Duft ein. »Lieb von dir, dass du daran gedacht hast.«

Nun erst reicht sie Leo die Hand.

»Haben Sie was Schlimmes?«, fragt er vorsichtig.

Melanie antwortet für ihre Mutter: »Sie hatte einen Herzanfall und darf sich überhaupt nicht aufregen.«

Frau Feldmann winkt müde ab. »Leicht gesagt, aber da wird ja meistens nichts draus. Ach, guck doch mal nach, ob du eine Vase findest.«

»Kann ich auch machen.« Ronny drückt sich an Leo vorbei und grinst ihn schief an.

Als er mit einem Gefäß zurückkommt, sagt Leo zu Frau Feldmann: »Übrigens, Ihr Sohn will morgen den ganzen Nachmittag bei Ihnen bleiben. Damit Melanie mal wieder was anderes unternehmen kann.«

Ronny starrt Leo völlig verdattert an.

Der lacht verschmitzt. »Melanie, du hast nämlich einen total netten Bruder.«

»Das hab ich von dir gar nicht erwartet«, sagt Frau Feldmann verwundert.

Zuerst zieht Ronny eine gequälte Grimasse, doch ganz allmählich breitet sich ein Grinsen auf seinem Gesicht aus.

»So, Besuchszeit beendet, eure Mutter braucht Ruhe!« Die Jungen werden von einer Schwester aus dem Zimmer gescheucht und da geht Melanie auch gleich mit nach Hause.

Auf dem Rückweg ist Ronny auffallend kleinlaut. Anscheinend fallen ihm keine abfälli-

27

gen Bemerkungen mehr ein. Bei dem muss man bloß ein bisschen Dampf machen, denkt Leo. Gut zu wissen.

Melanie verabschiedet sich vor Großvaters Haus.

»Machs gut, bis morgen, Leo. Da kannst du *mich* ja mal besuchen. So gegen zwei Uhr, einverstanden?«

Und Ronny murmelt kaum hörbar: »Servus dann, Pimpf.«

»Warte mal«, sagt Leo. »Ich hab einen Vorschlag: Wieso teilt ihr Jungs euch eigentlich nicht die Arbeit mit Melanie? Ihr seid doch *drei* Geschwister. Da kann jeder was machen.«

»Wozu?« Ronny zieht die Stirn kraus. »Hat bisher doch bestens geklappt. Melanie macht den ganzen Mädchenkram, Haushalt, Einkaufen, Kochen und so. Da reden wir ihr auch gar nicht rein. Okay, ins Krankenhaus gehen, da könnten wir uns wirklich abwechseln. Aber meine Mutter kommt ja sowieso bald nach Hause.«

»Ich meine auch Haushalt, Einkaufen, Kochen, Hund ausführen und so. Wer bestimmt denn, dass das alles Mädchenkram ist?«

»Jetzt reichts, Vorschlag abgelehnt!«, knurrt Ronny. »Wir sind doch nicht blöd.«

Leo schaut den beiden noch nach, bis sie um die Ecke verschwunden sind. Und dabei fasst er einen Entschluss: Die Feldmann-Jungs müssen knallhart dressiert werden!

Brüderzähmung

Als Leo am nächsten Mittag wieder bei Feldmanns klingelt, springt Jojo ihm vor Freude wie ein Gummiball an die Nasenspitze.

Jetzt hat Leo kein mulmiges Gefühl mehr, Melanies frechen Brüdern zu begegnen. Im Gegenteil, die Zähmung kann losgehen!

»Nur gut, dass du mich gestern noch angerufen hast.« Melanie strahlt, als wollte sie gleich mit ihm Bäume ausreißen. »Du hast mir richtig Mut gemacht. Von jetzt an lass ich mir von meinen Brüdern nichts mehr gefallen, ich schwörs. Stell dir vor, ich hab Ronny vorhin zu meiner Mutter gescheucht, und er ist wirklich gegangen. Und morgen ist John dran, ob er Bock hat oder nicht!«

»Cool.« Leo grinst zufrieden. »Diese faulen Knalltüten kriegen wir noch zahmer.«

Melanie führt Leo in die Küche. »Jetzt pass mal auf, was gleich passiert«, sagt sie. »Sonst koche ich um diese Zeit Spaghetti oder Reis mit Soße. Aber ab jetzt wird das anders!«

Sie schmiert nur ein paar Butterbrote für sich und Leo.

Nach kurzer Zeit klappt die Haustür. John kommt gleich darauf in die Küche gelatscht. »Wie, bloß Stullen? Gibts kein Mittagessen?«

»Klar doch«, sagt Melanie kauend.

»Ich sehe keins.«

»Kannst du auch nicht, du Blindfisch. Du hast ja nichts gekocht.«

»Sag mal, tickst du noch richtig?«, faucht er. »Ich will was Warmes essen.«

»Gute Idee! Wir haben auch Appetit auf was Warmes.« Melanie zwinkert Leo zu. »Los, denk dir mal was aus. Guck in den Kühlschrank, was ich für euch angeschleppt habe.«

John reißt schlecht gelaunt die Kühlschranktür auf, trinkt aber nur eiskalte Milch aus der Tüte und bricht sich ein Stück Käse ab.

Leo krault Jojo hinter den Ohren. »Echt peinlich«, sagt er so ganz nebenbei zu Melanie. Aber er weiß, dass John es hört. »Deine Brüder können nicht mal die einfachsten Sachen. Lassen sich von ihrer kleinen Schwester versorgen wie Babys! Bääääh, vielleicht brauchen die auch Windeln?«

»Dafür, dass du erst neun bist, reißt du deine Klappe ziemlich weit auf«, sagt John mit vollem Mund.

»Löwen haben keine Klappe, sondern ein Maul«, antwortet Leo lässig. »Das reißen die immer auf.«

Dafür erntet er von John nur ein mitleidiges Lächeln.

Als der aus der Küche verschwunden ist, fällt Leo etwas ein. Gestern im Krankenhaus ...

»Wieso hast du mich eigentlich *Leo Löwenherz* genannt?«, fragt er Melanie.

»Och, das fiel mir gerade so ein. Hört sich so ähnlich an wie Loewerts. Passt auch viel besser zu dir.«

»Meinst du das echt?«

»Hmh.«

Nachdem sie ihre Stullen aufgefuttert haben, bleibt Leos Blick an der Wand über der Spüle hängen. »Igitt, da hängt ja ein Zentner Spinat dran! Eure Küche müsste dringend gestrichen werden.«

»Das war Ronny. Der hat gestern aus Wut einen ganzen Löffel voll drangeklatscht.«

»Und wieso nicht abgemacht?«

»Weil er ein faules Stinktier ist.«

»Ihr könntet eure Mutter doch überraschen, wenn sie aus dem Krankenhaus kommt«, schlägt Leo vor. »Zum Beispiel die Küche renovieren.«

»Und wer soll das machen? Auf meine Brüder kann ich nicht zählen. Und auf meinen Vater erst recht nicht. Aber weißt du was?« Melanie reißt die Augen auf und strahlt Leo an. »Das schaffen wir auch ohne die Stinker.«

»Das sowieso«, sagt Leo. »Wir sind doch keine Weicheier wie die!«

»Du bist also dabei, Leo?«

»Klaro. Denen zeigen wir, was so ’ne kleine Schwester und ein Pimpf alles draufhaben.«

Er schlägt in Melanies ausgestreckte Hand. Und das bedeutet: *Leo Löwenherz* und *Schwarze Rächerin* fühlen sich gemeinsam stärker als zehn Löwen!

Malerwerkstatt

»Großvater, Großvater! Du musst uns unbedingt was helfen!« Leo stürmt mit Melanie ins Wohnzimmer.

»Na, was habt ihr denn ausgeheckt?« Er legt die Zeitung auf seine Knie.

»Wir wollen ...« Aus Melanies Mund sprudelt alles nur so heraus.

Zuerst wiegt Großvater bedenklich den Kopf. Doch nach einer Weile steht er entschlossen auf.

»Ihr braucht Pinsel, Flauschrolle, Abdeckplane, Kleberolle und ein Abstreifgitter. Ich guck mal bei mir in der Werkstatt nach. Nur die Wandfarbe müsst ihr euch dann noch besorgen.«

Großvater fischt aus seiner hinteren Hosentasche sein Portmonee und spendiert ihnen einen Geldschein.

»Au danke!« Melanie ist überglücklich. Denn ihr Taschengeld hätte nicht mal zusammen mit Leos für die Farbe gereicht.

»Macht die Pinselei aber ordentlich«, ermahnt Großvater sie. »Sonst kriegt ihr bloß Ärger.«

Er begleitet die Kinder zu Farben-Roth.

Zwei Eimer Wandweiß laden sie auf Großvaters Schubkarre. Das andere Material liegt auch schon drin.

»Denkt daran: Zuerst alles gut mit Folie abkleben«, erklärt er. »Vorher natürlich die Wände frei räumen. Na, die großen Jungs werden euch bestimmt tüchtig helfen.«

»Pfff«, macht Melanie nur. Und dann schiebt sie mit Leo die Fuhre zum Feldmann-Haus.

Kaum zu glauben: John ist inzwischen mit Jojo rausgegangen!

»Ich hab den vielleicht angeschrien, weil er nicht wollte«, erzählt Melanie. »Und siehst du, es hat geholfen. Zum Glück sind die Jungs weg. Die klopfen doch bloß dumme Sprüche.«

Sie ziehen sich um. In den viel zu großen Overalls aus dem Keller, mit hochgekrempelten Ärmeln und Hosenbeinen, sehen sie aus wie ungeschminkte Clowns.

Zuerst räumen sie den Küchenschrank aus und stellen das Geschirr in die Mitte auf den Küchentisch. Der ist bald voll, den Rest müssen sie unten drunter verstauen.

»Und jetzt?« Leo dreht sich im Kreis. Er schwingt schon die Rolle zum Streichen.

»Den Schrank von der Wand abrücken, die Regale genauso. Die müssen aber auch erst noch ausgeräumt werden. Puh! Viel mehr Arbeit, als ich dachte.«

Auf der Spüle steht noch eine Menge schmutziges, angetrocknetes Geschirr. Und die Bodenkacheln kleben vor Dreck, da pappt die Folie ganz von selber fest.

»Ich glaube, wir müssen erst mal gründlich sauber machen«, stöhnt Melanie.

Sie holt ihren Kassettenrekorder und legt Popmusik ein.

»Hallo baby, take it easy!« So geht der Refrain vom ersten Lied. Den grölen sie laut mit.

Im Rhythmus der Musik geht das Saubermachen wie von selber. Schon nach einer Viertelstunde sehen Küchenboden und Spüle aus wie geleckt. Und es ist genau der Moment, als Ronny zurückkommt.

»Mutti kann nächste Woche nach Hause«, ruft er. »Ey, ihr habt ja geschuftet. Wieso das denn?«

»Wegen deiner kleinen Spinatverzierung!« Melanie lacht. »Aber die fällt kaum auf, weil die Wände sowieso schweinisch aussehen. Leo und ich, wir streichen die Küche. Für Mama als Überraschung. Kannst uns gleich helfen.«

Ronny zeigt ihr einen Vogel. »Frag doch Vati. Der müsste bald zu Hause sein.«

»Bei dem mach ich mir auch keine Hoffnung. Aber weißt du was? Du faule Socke kannst uns gestohlen bleiben. Du hast doch sowieso nur Schrott im Kopf.«

Ronny sieht seine Schwester entgeistert an. Dann tritt er so dicht vor sie, dass sich ihre Bäuche berühren. »Du willst wohl ein paar geballert kriegen?«

Melanie weicht keinen Zentimeter zurück.

»Genau das meine ich. Was Besseres fällt dir wohl nicht ein, du Schrottwürstchen!«

»Blöde Tussi ...« Beleidigt dampft Ronny nach oben ab.

Leo klopft ihr anerkennend auf die Schulter. »Das war eben echt stark!«

Als die Wände leer geräumt sind, geht Melanie im Keller nach der Alu-Leiter suchen.

Und Leo fängt gerade an, die Abdeckplane auseinander zu falten. Da donnert eine Männerstimme aus dem Flur: »Zum Teufel, was ist denn hier los?!«

Vor Schreck fällt Leo die Plane aus der Hand. Der fremde Mann im Türrahmen stiert ihn nämlich an, als wollte er ihn gleich auffressen. Das muss Herr Feldmann sein.

»Was hast du hier zu suchen?«

Leo zittert wie ein Rehpinscher. »I... ich ...«

»Na, vielleicht stellst du dich mal vor!«

»Ich heiße Leo Loewerts, so wie mein Großvater.«

»Und?«

»Und ... Melanie, die ist nämlich ... meine Freundin.«

Super-
weiß
(auch Bügeln)

»Interessiert mich nicht. Ich will wissen, was du hier vorhast!« Er tippt mit dem Fuß gegen einen Farbeimer.

»Leo!«, ruft Melanie ahnungslos aus dem Keller. »Kannst du gerade mal mit anfassen?«

Leo hört die Leiter auf der Kellertreppe klappern, aber Herr Feldmann versperrt seiner Tochter den Weg.

»Bring sie sofort wieder runter! Ihr spinnt wohl, bei uns wird nichts angepinselt.«

Doch Melanie lässt sich nicht davon abbringen. »Wir wollen Mutti eine Freude machen, da kannst du ja wohl nichts dagegen haben.«

»Wände streichen, das muss man ordentlich machen«, sagt Herr Feldmann vorwurfsvoll. »Das geht nicht so husch, husch, wie ihr euch das vorstellt. Und ich hab vorläufig keine Zeit. Jetzt muss ich erst mal ins Krankenhaus. Also, räumt die Küche wieder ein. Du warst doch heute bei Mutti?«

»Ich nicht. Ronny.«

»Wieso *der*?«

»Wieso *der* nicht?« Mit hochrotem Kopf stellt Melanie die Leiter im Flur ab.

»Und Morgen ist John dran«, sagt sie trotzig. »Ich sehe nicht ein, wieso ich für alles zuständig bin.«

»Von mir aus. Wenn die Jungs damit einverstanden sind …«

»Na super!« Melanie flippt fast aus. »Ich werde ihnen auf Knien danken, wenn sie so gnädig sind und mir auch mal was abnehmen.«

Herr Feldmann guckt sie nur verblüfft an. Dann dreht er sich um, murmelt etwas Unverständliches und verlässt wieder das Haus.

Die Nöligkeit der Feldmänner geht Leo mehr und mehr auf den Keks. Der Vater hat nicht einen Finger krumm gemacht, als Melanie die Leiter raufgeschleppt hat!

»Ich fass es nicht!« Er breitet mit Melanie die Plastikplane auf dem Boden aus. »Drei Männer habt ihr im Haus. Und alles Flaschen. Entschuldige, wenn ich das sage.«

Als Leo wieder den Kopf hebt, sieht er John und Ronny in der Tür stehen. Hände in den Hosentaschen. Grinsend. Die letzten Sätze haben die garantiert gehört.

Da packt Leo erst richtig die Wut. »Ja, glotzt

ruhig so blöd! Euch Lahmärsche möchte ich nicht als Brüder haben!«

Ronny macht einen Schritt auf die Auslegefolie. »Jetzt halt mal die Backen, du Pimpf. Wir wollen ja gerade mithelfen.«

Leo lässt die Arme hängen und legt den Kopf schief. Macht Ronny sich wieder lustig? Sieht eigentlich gar nicht danach aus. Tatsächlich, der nimmt ihm Kleberolle und Schere ab!

»Halt mal die Plane hier fest.« Sofort kauert John neben ihm.

»Ruht euch ein bisschen aus«, sagt er. »Könnt in unser Zimmer gehen und Musik hören. Jojo ist auch schon oben.«

Melanie und Leo starren sich eine Sekunde erstaunt an. Wer hätte das gedacht, die Zähmung der Brüder macht Fortschritte!

Großvater steht auf sein drittes Bein gestützt und nickt anerkennend. Er bewundert das Werk der Kinder, als er Leo nach ein paar Stunden abholen kommt.

»Habt ihr prima hingekriegt«, lobt er. »Hätte ich nicht besser gemacht.«

»Wir haben uns ja auch Mühe gegeben«, sagt John stolz.

Leo sieht kurz zu Ronny rüber. Keine dumme Bemerkung? Großvater hätte doch gar keine Küche mehr streichen können ...

»Jetzt hab ich Kohldampf«, sagt Ronny. »Wo ist der Brotkasten, Melanie?«

»Der steht da irgendwo in dem ganzen Küchenkrempel.«

Großvater dreht sich zum Gehen um. »Die Wände müssen ohnehin erst trocknen. Ich schlage vor, ihr kommt alle mit zu mir nach Hause. Ich koche uns was.«

»Au toll!« Melanie macht einen Luftsprung. »Herr Loewerts, Sie sind nämlich der allerbeste Koch der Welt.«

Zehn Minuten später schlendern die gefürchteten Feldmann-Brüder einträchtig mit ihrer kleinen Schwester, einem Hund, einem Pimpf und einem alten Humpelbock die Straße entlang! Und das hätte sich Leo heute Morgen noch nicht vorstellen können.

Aber kurz vor Großvaters Haus hält Ronny seinen Bruder am Ärmel fest. »Ach du Schande, da vorne! Guck mal, Ralf und Tobias.«

Leo schaut zwei Jungen entgegen, die auf derselben Straßenseite auf sie zukommen.

Die Zwillinge trödeln auf einmal auffällig lahm hinterher.

»Guten Abend, Herr Loewerts«, grüßen die fremden Jungen und sind schon vorüber.

Als sie Ronny und John erreichen, machen die beiden plötzlich kehrt und gehen in die andere Richtung weg.

Melanie sieht ihnen nach. »Ist ja wohl das Hinterletzte,« sagt sie leise zu Leo. »Die wollen nicht mit deinem Großvater gesehen werden.«

Großvater ist stehen geblieben. »Was ist los, ihr Feldmänner? Beeilt euch, sonst essen wir ohne euch! Oder geniert ihr euch neben dem alten Humpelbock?« Er fängt an zu kichern und stapft auf seinen drei Beinen tick-tack-tock vergnügt weiter.

»Das mit dem Humpelbock hat er also auch gewusst«, flüstert Leo Melanie zu. »Aber er ist kein bisschen beleidigt. Mein Großvater, der ist nämlich echt in Ordnung.«

Schließlich sitzen sie alle auf der Bank hinter dem Haus.

Großvater schmeißt irgendetwas in die Pfanne, wonach es bald herrlich aus der Küchentür duftet. Er will sich auf keinen Fall helfen lassen.

Auf dem Fensterbrett liegen Spielkarten. John mischt sie und spielt mit seinem Bruder ein Spiel, das Leo noch nicht kennt.

»Robbenschnauze!«, ruft er und knallt eine Karte auf den Tisch.

»Schluffmonster!«, kontert Ronny und knallt eine daneben.

»Hinkelbauch!«

»Lumpenkopp!«

Sie werfen blitzschnell witzige Schimpfwörter hin und her, bis dem Ersten keins mehr einfällt. Damit ist die Spielrunde vorbei und jeder zählt die Zahlenwerte seiner Karten.

»Gewonnen.« John strahlt, er hat die höchste Punktzahl.

»Was ihr könnt, können wir schon lange!« Melanie nimmt John die Karten aus der Hand, mischt sie neu und teilt sie mit Leo. Der darf anfangen.

»Schleimhuster!« Er knallt eine Karte auf den Tisch.

»Pickelkröte!« Melanie knallt eine Karte daneben.

»Stinkende Klobürste!«

»Schlotterndes Schrottgestell!«

»Tränentier!«

»Pickelglatze!«

»Hosenschisser!«

»Stinkbombe!«

Leo gewinnt nicht und Melanie gewinnt auch nicht. Sie müssen mittendrin aufhören, denn Großvater reicht ihnen Teller aus dem Küchenfenster. Und Besteck. Und eine Riesenpfanne voll Pilzreis mit Chinagemüse.

Jojo schmatzt als Erster unterm Tisch. Großvater hat ihm eine Portion in einem leeren Blumentopf spendiert.

Hinterher, als alle pappsatt sind, streckt Leo entspannt seine Beine aus.

»Ey, du hast die gleichen Turnschuhe wie meine Schwester«, bemerkt Ronny.

»Nee, dieselben«, verbessert Leo.

»Wenn es dieselben wären, müsstest du ja Melanies anhaben.«

»Du merkst auch alles, Ronny«, sagt Leo. »Wir haben nämlich getauscht.«

Melanie reckt zum Beweis ihre Sandalenfüße hoch.

Leo betrachtet lieber ihre Stupsnase. Er findet es löwenstark, sie als Freundin zu haben!

Vielleicht findet Melanie es auch stark, mich als Freund zu haben, überlegt er. Bei solchen fiesen Brüdern? Das heißt, ihre Zähmung hat ja schon Riesenfortschritte gemacht. Trotzdem, da bleibt noch eine Menge zu tun. Und den Rest muss Melanie allein übernehmen, weil ich ja bald abreisen muss.

John verabschiedet sich als Erster. Er reicht Großvater sogar die Hand. »Vielen Dank, Herr Loewerts. Das hat echt klasse geschmeckt.«

»Freut mich.« Großvater zieht den Mund einen Zentimeter breit. Aber seine Augen, die lachen dafür umso mehr. »Könnt ja irgendwann mal wiederkommen, wenn ihr ordentlich Kohldampf habt.«

»Coole Idee.« Ronny wird plötzlich knatschrot. Denn genau als er das sagt, fällt sein Blick auf einen schmutzig roten Tomatenfleck an Großvaters Hauswand …

Melanie nimmt Leo beiseite. »Du, Leo Löwenherz – wenn du nach Hause fährst, lässt du mir wenigstens deine Sandalen hier?«

»Nur, wenn ich deine Turnschuhe behalten darf, *Schwarze Rächerin*«, grunzt er aus tiefer Monsterkehle.

»Klaro!«

Leo schlägt in Melanies ausgestreckte Hand.

Sie lächelt und sieht gar nicht aus wie eine *Schwarze Rächerin*. Nein, wie eine total süße Prinzessin mit Igelhaarschnitt.

»Na du Pimpf, kommst du noch ein Stück mit?« Ronny klopft Leo auf die Schulter. Und dabei grient er ihn an wie einen alten Kumpel.

»Hatte ich sowieso vor«, sagt Leo lässig.

Selbstverständlich begleitet er Melanie und die Feldmann-Zwillinge noch bis nach Hause. Ab und zu schaut er dabei auf seine Fußspitzen.

Leo Löwenherz mit grünen Schuhen und rosa Schnürsenkeln? Klaro, versteht sich, dass seine Füße grün bleiben. Die ganzen restlichen Ferien über. Und noch tausendmal, Millionen Mal länger!

Christa Zeuch ist in Berlin aufgewachsen, hat zwei Kinder und lebt seit vielen Jahren mit ihrem Mann in Bonn-Bad Godesberg. Sie hat viel Spaß mit ihren Enkelkindern. Seit 1984 ist sie freie Schriftstellerin. Sie schreibt Geschichten, Gedichte und Lieder für Kinder und wird mit ihren abwechslungsreichen Lesungsprogrammen in zahlreiche Schulen und Bibliotheken eingeladen.

Sie hat den Kinderroman »Eintritt für Eltern verboten« für arsEdition geschrieben.

Anja Reichel lebt in Rom. Eigentlich wollte sie dort nur einige Monate bleiben, aber ihr hat es so gut gefallen, dass sie vorerst gleich geblieben ist. Sie hat Illustration mit dem Schwerpunkt Kinderbuch in Hamburg studiert und seitdem schon mehrere Kinderbücher bebildert. »Zwei löwenstarke Freunde« ist das erste Buch, das sie für arsEdition illustriert hat.

M

O

P

O

R

S

Sch

T

V

Z